KB122746

읽어주시는 모든 분들께 감사드립니다.
여러분의 간 옆에 우상히 놓인 시집이라면
더 바랄 게 없겠습니다.

유리창

유리창

초판 1쇄 발행 2024년 8월 14일

지은이 | 김성호
Instagram | @kimseongho1105
Youtube | 김성호 Kim Seongho (김성호채널)

펴낸이 | 박석원
펴낸곳 | 은둔
등 록 | 제2024-000005호
주 소 | 서울시 은평구 은평로3길 20-3호, 1층
인스타그램 | @Eundun_bookstore

디자인 | Design 봄봄

ISBN 979-11-988797-2-1   03800

* 이 책은 신저작권법에 의하여 국내에서 보호를 받는 저작물입니다.
  출판사와 협의 없는 무단 전재와 무단 복제를 엄격히 금합니다.
* 잘못된 책은 서점에서 교환하여 드립니다.
* 책값은 뒤표지에 있습니다.

유리창

김성호

ㅇㄷㅊㅂ

유리창

아무도 나를
그렇게 부르지 않았다

철없던 객기마저
추억으로 선명한데

맺히는 입김조차
이제 내 것이 아니더라

시간이 서리 되어
내려앉은 이름

소리 없던 무게는
주름에 깊이

감췄던 숨자국이
떠오른다

흐린 눈 앞에
당신이 서린다

낡은 시간

고민 끝에 널 만나던 날
다른 눈이 우릴 질투했겠지

여린 나를 감싸고
눈비를 막아주던 너

언제 어디서든
궂은 일은 네 몫이었다

깊고 어두운 곳에서
마주친 시간

회색 사진 한 장

눈의 결정

어디에서 왔는지 모른다
그저 방울로 떨어졌다

순간 흩어지고
날리고 부서진다

얼어붙는 겨울
살갗에 닿는 시간

피어나는 모양에
누군 눕고 누군 앉았다

날 보는 눈이 반짝인다

경계

검게도 흐른다

목숨은 하나 있는데
돌아갈 각오는 없다

그래도 돌아가야지
코앞인데 어딜

강물을 건너
목숨은 하나

펜으로 그은 시간에
쉼표가 없다

红花

눈을 떴지만
보이지 않는다

감은 두 눈 위로
빗방울이 튄다

핏줄 선명한 두 팔
한숨이 어둠보다 깊어
씨앗일 적 그릴 때

눈꺼풀 위로
붉게 물들 거란다

红花 **13**

반딧불이의 빛

고른 숨이 하늘에 얹힌다
지붕 끝에 걸린 전구들

너무 밝지 않아 좋은 건
별도 나를 볼 수 있으니까

빛을 따라 살진 않았다
따라오는 건 너의 마음

어두운 곳엔 방향이 없지만
바라보는 빛엔 내가 없다

올라앉아 내려다보는 시간
차갑게 밝히는 빛

은둔

어제 벗어 둔 한숨에
오늘을 걸쳐 입는다

식탁 위로 번지는 물기
손바닥에 묻은 당신
절반의 깊이가 있다

눈부심이 나를 밝히지 않듯
뒤로 붙는 심연이 아득하다
검게 적으면 그만인 너

세상이 길게 늘어지고
나는 나를 열고 나온다

낙서들은 밟지 않게
책의 여백으로 다닌다

꽃의 진실

나는 보이지 않는다

지나는 바람에 흔들릴 뿐

그저 스민 시간의 색으로 피었으리라

나의 눈은 뿌리에 있다

네가 말하는 아름다움에 대해

알지 못한다

손글씨

손에 힘을 주면 글씨가 어긋나
감정을 덜어야지

펜이 종이에 닿았을 때
그 힘이 충분하다면

그때는 지우지 않는
내 기록이 되더라

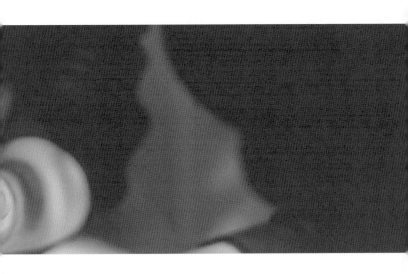

지우개

넌 그게 좋아

자국을 남기잖아

넌 매번 한숨을 쉬고
난 항상 후회를 하고

지우게?

수평선

날 위로했던 것은
거품 문 소음이 아니었다

검은 너

사실 알고 있다

네가 날 떠날 것도
내가 널 보낼 것도

네가 붙드는지
내가 잡았는지

아니 그러니까
뭐가 이러니까

날 꺼낸 건 너야

밤에 오래 있진마

식은땀

저물다가 마는 해는 없다
떠오르다 지는 해도 없으니까

우리가 남은 하루에도
하늘을 바라본다면

저 구름에
나를 실어 보내고 싶다면

그땐 늦었다
이미 정신을 차리고 있을테니

오아시스

건너편에 뭐가 있을지
쳐다볼 필요가 있다

모래 위에 선 지금
머리를 식혀주는 그림자

해를 잡고 싶은데
넘어가는 마음이 두려워

감추다 혼자 알까봐
이 밤엔 그 언덕을 넘을까봐

곧 도착

기회는 미련하다
막차는 멀었으니까

저녁 하늘이 검다

보이는 버스가 아쉬워서
다음에 타자고 복잡해서

가는 망설임에
종점이 말을 건다

저기요
막차 시간이 몇 시죠?

용두사me

돈은 기분이 만들어 낸 가치에요
환승을 못해 속상할 때가 있는가 하면
소중한 존재를 위해선 망설이지 않죠

하지만 시간은 달라요
시간은 절대적인 가치입니다
우리가 살 수 있는 것이 아니란 말이죠

소중한 존재는 지금도 늙어 갑니다

부모님이요?

당신

마음

이기려 하지 마세요
견디려 하지도 마세요

그저 마음이잖아요
내 검지손가락이 아니잖아요

집 나간 고양이처럼
우린 알 수가 없어요

당신이 아닌 우리

화병

차오른 깊이가 알맞다

발 없는 꽃은 살고 싶다

소홀한 게 그의 탓은 아니니
마른 입술을 닫았다

널 말려 바라보기만 했다
그저 네가 예뻐서

잔인함은 다른 것이 아니다

전화가 오지 않는 날

그땐 엄마만 좋았어
없으면 우는 척을 했으니까

지금은 시간을 보낼 게 많아
귀찮게 왜 또

하루 종일 옆으로 누워
오늘의 숫자가 더 중요한데

반찬은 그제도 상해서 짜증만
알아서 할게요 알아

달그락 일어나 밥먹어야지
반찬도 없이 뭘먹었어

아이구 잘했네

괜찮아
괜찮아

세살인생

더 먹고 싶을 때 그만 먹기
더 마시고 싶을 때 그만 마시기
주고 싶은 마음 적었다가

지웠다가 썼다가

지우기

푸른 별

바다가 아쉬워
하늘이 된다

내려다 보다
또 올려다 보니

정신없이 반짝이던 것이
가만히 나를 본다

네가 나를 보는 것이다
바라만보던 나를

화려한 도시

말린 손으로 숨이 퍼진다
문턱에 걸린 밤이여

하찮던 도시가
오늘에야 화려하다

웃음소리가 기분 좋다

취한 건 아닌데
술이 맛있다

빛방울

올려다보니 스며든다
붉게 번지는 오늘

뻗는 가지에 자유로운 나무
바람의 온도로 내리는 방울들

고개 숙여 다치지 않는 밤
빛에 젖어 지치지 않는 낮

가루

나는 분명 입구부터
무릎을 꿇고 말 것이다

설 수 없으니
이유는 간단하다

앞으로 기어 갈지는
이유가 복잡하다

낯선 곳에

맑은 날
비 내린 날

익숙한 소나기

볕을 가린 손
하늘을 보게 해주듯

비를 막은 우산이
널 떠올리게 해

여기 우리 낯선 곳에
바람, 노래, 그때의 너

가볍지 않던 미소
놓고 일어선 무게

살 사람

없어?

살고 싶어서 사는 게 아니라
사는 게 좋아서 사는 거니까

사람 참 묘하네

뭘 그렇게 샀어
살 날이 얼마나 남았다고

살 건 없어도
사는 내 마음이지

술

바다가 있는 곳
그대와 만난 시간에
우리가 사는 세상에

두껍게 썰어낸 삶점에
와사비 간장을 툭 찍는다

파도처럼 넘어가는 시간
그날의 내가 되는 나

굴러가는 나뭇잎

조개日

내 아픔이 좋단다

싸매고 덮어두고
외면하며 지내 온 어제
여전한 무게

나의 상처는
너의 위안이 되고

바닷속 흩어진 나는
너의 진주가 된다

애증 관계

끝에 가면 항상 시작이 있다

놀고 있으면 뭐라도 해야지

매일 하트를 누르더니 헤어졌단다

하자니 그렇고 안하자니 또 그렇다

유일한 건 사는 것이다
반대는 없다

무르기 없음

잊지 말아야겠다고
알람을 맞추고 메모를 하고
사진을 찍어 남기고

그런데 정작 오늘은
단 한 번인데 항상 잊고 산다

안돼요 가세요

F의 댓글

하루가 힘겹게 시작되는 이유는
일과 삶을 구분하지 않아서다

그 경계는 냉철함이다

RE:
삶을 외면하지 않는
자상함이다

실소

나의 실수는 펜 끝에
잉크를 묻힌 일이다
눌린 골이 검게 찬다

다른 길로 갔다면
내 신발은 깨끗했을까
기억에 물을 일이다

지겹도록 긴 낙서 끝엔
매번 실소가 터졌다
환희 없는 웃음이 좋다

실소 67

호락호락 피는 밤

한가득 놓인 장작에
불씨들이 날아와 앉는다
검푸른 하늘에 별빛의 너

내려앉은 반딧불마다
오늘을 밝혀 오는 날 비춘다
닿은 빛에 너와 나의 온도

태우지 않아도
호락호락 피어나길
불씨가 별이 된다

세계

살이 붙을 여유가 있나요
내일 편하려면 오늘 뛰어야죠
이만 갑니다 바빠서

지긋지긋하죠
그래도 멈출 수 있나요 뭐
지금 갑니다 가요

뱃살만 자꾸 늘어 가네요
시간을 돈으로 살 수 있나요 어디

1시간? 60분? 3,600초

초면

나를 어디서 봤던가
불쾌하기 짝이 없다
어제도 그제도 불쑥

거울 앞에서 나를 본다
빤히 쳐다보는 눈빛이 싫다
누구세요?

대답도 없이 인사도 없이
평생을 따라다니는 너
나는 나를 알지 못했다

P. 37

37페이지부터 할 차례던가
늘 말했지만 아주 중요한 내용이야
특히 이번 단원은 여러분이 꼭
내 것으로 만들고 넘어가야 해
모르는 건 질문해봤자 알 수 없어
직접 해보는 게 최선일 거다
무책임하다 할 거 없어
누가 네 인생 살아 주는 것도 아닌데

100페이지에서 덮을지
70페이지에서 덮을지
50페이지에서 덮을지

깨끗하게 쓸 필요 없어

지금 쓰는 시

머리카락이 수도 없이 빠진다
한번도 소중히 버린 적이 없다

낙서는 소중히 하는데
오색빛깔 서툴다

무지개

사진으로 찍지만
많이 아쉽다

지금 보는 것을
적을 수 있다면

나를 향한 시

걷는 것에 대하여

걷는 것은 뜀과 멈춤의
중간 속도가 맞을까
스스로에게 물었다

뛰는 것은 두 가지다
급하거나 시작했거나

멈춤 역시 두 가지다
급했거나 다시 시작하거나

걷는 것에 대하여
뛰지도 멈추지도 않았다

장마

흙냄새가 창문을 넘었다

하늘도 단숨에 깨지 못할
마른 더위가 있다

어둑한 방 널린 몸 위로
옅게 덮이는 바람처럼
나는 창문 크기만큼 몸을 말고서

쏟아지는 장맛비
받아치는 유리창
가라앉는 낙서들

아침 8시
엄마의 계란후라이

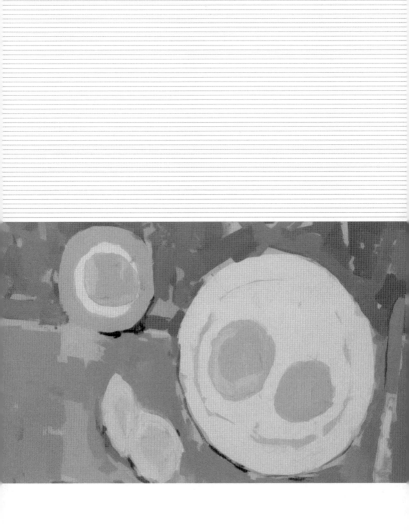

밤하늘은
별빛으로 맑다

눈마다 별이 뜬다
바늘 구멍만큼 작은 빛들이
구름처럼 쏟아지듯

한참을 바라보다가
그림도 그려보고
이름도 붙여본다

맑은 하늘엔
색을 입히지 않았구나

검게 맑고
파랗게 맑다

별이 뜨면 알 수 있다

새벽의 맛

사계절 맛이 다른 것
더 좋은 것은 없고
더 나쁠 것도 없다

밤새 쌓인 눈을 밟듯
어제 품은 시집을 편다
새벽 공기와 비슷한 냄새가 났다

감미롭지 않지만
소란 없이 시원했다
딱 그 만큼만 덜어 먹었다

발밑에 새겨지는 오늘

기억과 생각 그리고 추억

방에서 불을 끄고 나간다
불이 켜진 방으로 가서
다시 곱씹어 본다

필요한 것이 있다면
불이 꺼진 방으로 가야 한다
더듬어 조각에 조각을 맞춘다

성냥불을 켜고
아른거리고 흔들리다가
금세 덮친 어둠에도 선명하다

참외를 대하는 태도

껍질 까고 드세요?
통째로 드세요?

보통은 깎아서 먹지 않나요
하긴 영양가는 그냥 먹는 게 좋대요

근데 아무래도 질기기도 하고
그렇지 농약이 있을지도 모르고
깎아서 먹는 게 낫겠어요

그렇죠?

저는 그냥 먹어요

거참 각자 먹읍시다

시는

나뭇잎이다
언젠간 떨어지고
또 피어난다

푸르고
마른다

그늘에 쉬기도 하고
밟으면서 떠올린다

세게 밟거나
즈려 밟는다

어제와 오늘이다

고유명사

새로 산 공책에 이름을 적는 일
연필 두께 만 한 손가락으로
또박또박 큼직하게

내 것에 이름을 적어서
마음을 주고 소중히 했다
세상을 다 가진 것처럼

집에 가는 길에
공책을 하나 사서 시집으로 삼자

내 이름을
오랜 내 글씨로

공항에 앉아

익숙함은 공포스럽다

환희는 성냥불처럼 눈길을 끌고
결국 내 손끝까지 태워낸다
그것이 처음이자 마지막

무거운 짐은 먼저 날려 보낸다
좌석 번호에 동그라미를 쳐주세요
자유를 승인 받은 기분이랄까
널찍한 공항 의자에 앉아 기댄다
하늘빛이 내 세상을 비추게

들이마시고 내쉰다

익숙함에 빚을 내고서

숫자와 특수문자를
포함한 비밀번호

의심은 사람을 조악하게 만든다
미로를 과연 누가 만들고 있나
나는 내게 답을 하지 못했다

꼬인 길을 돌고 돌았다
소리치고 문을 두드렸지만
반대쪽 사람이 나인 걸 어쩌나

단서가 없다
그렇지만 성공적인 건 맞다

누구도 풀 수 없는 현실

파도가 치는 순간에

수많은 모래알
패이고 찍힌 상처
낯선 발자국
깨진 유리조각에
먹다 남긴 부스러기
엉망진창 어수선한 머릿속
귓바퀴를 맴도는 소음들

하얗게 부서진다
모두 품고 간다

발끝에 닿는 바다
가르침 없는 위로

창가에 앉은 사람들

마주 앉아 창밖을 봅니다
시선이 엇갈리지만 싸운 건 아니에요

그는 산을 보고
나는 사람을 봅니다

아이가 가리키는 하늘엔
토끼 구름이 지나갔을까요

커피를 숭늉처럼 마시다 말고
청산 타령이 그렇게 좋아

우리는 우리의 시간을 보냅니다
서운한 이별은 아닙니다

보내고 가는 길에 별이 뜰까요